FONT

LE DÔME DES PLAISIRS

TRADUIT DE L'ESPAGNOL PAR FRANK REICHERT
LETTRAGE DE FEDERICO CÁNOVAS RUIZ

MÉTAL
LES HUMANOÏDES ASSOCIÉS

FONT
LE DÔME DES PLAISIRS

1re ÉDITION : OCTOBRE 1987
DÉPÔT LÉGAL n° 5198/OCTOBRE 1987
I.S.B.N. 2-7316-0491-3
ACHEVÉ D'IMPRIMER OCTOBRE 1987
PRINTED IN FRANCE
41-0268-7-01

IMPRIMÉ EN FRANCE

41.15.0268.01
IMPRIMÉ EN FRANCE PAR BRODARD GRAPHIQUE - COULOMMIERS

HUMMM...!
C'EST MERVEILLEUX, NON ?
QUOI DONC ?
COMMENT ÇA, QUOI ? MAIS TOUT !!
1

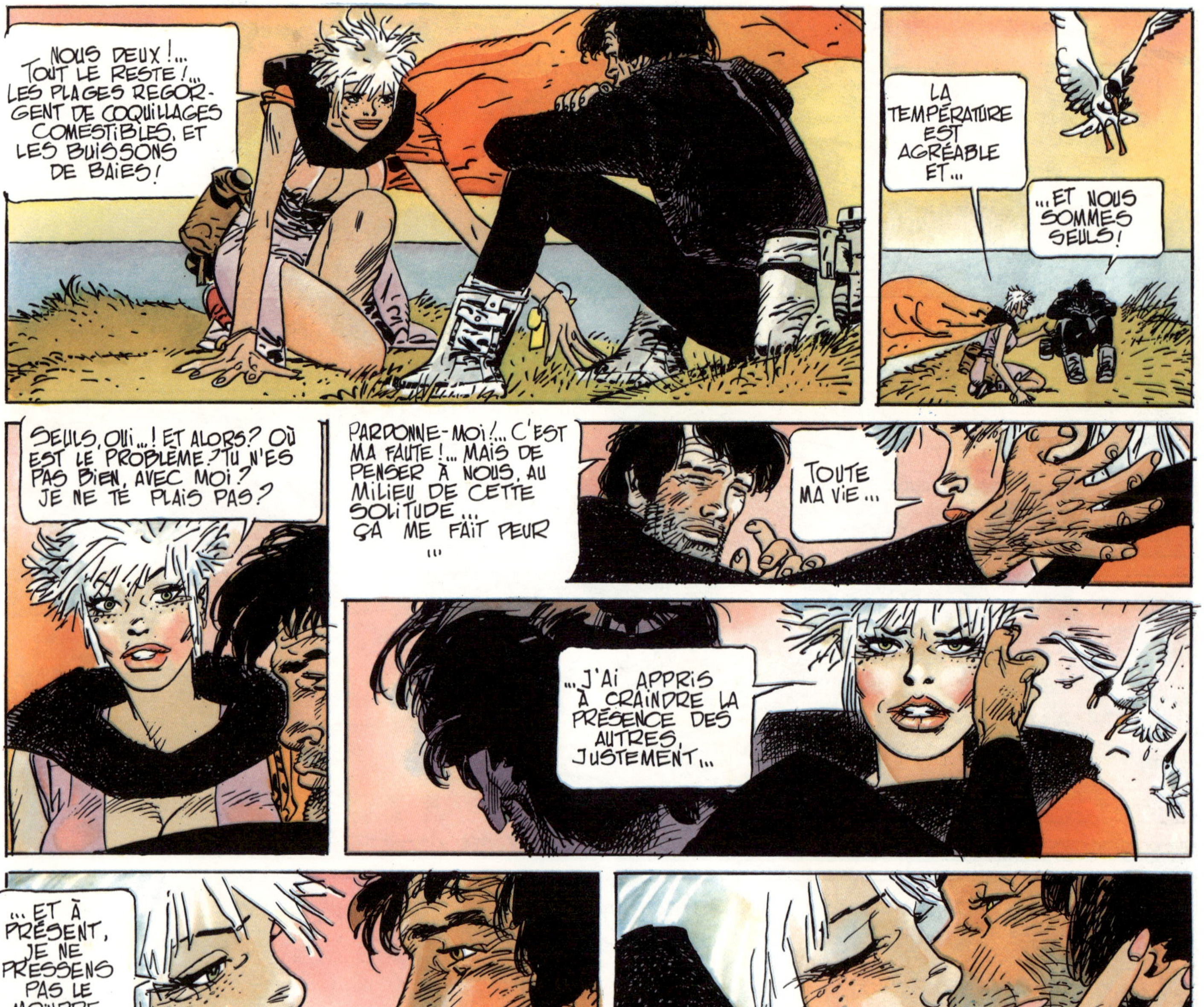
NOUS DEUX !... TOUT LE RESTE !... LES PLAGES REGORGENT DE COQUILLAGES COMESTIBLES, ET LES BUISSONS DE BAIES !
LA TEMPÉRATURE EST AGRÉABLE ET...
...ET NOUS SOMMES SEULS !
SEULS, OUI... ! ET ALORS ? OÙ EST LE PROBLÈME ? TU N'ES PAS BIEN, AVEC MOI ? JE NE TE PLAIS PAS ?
PARDONNE-MOI !... C'EST MA FAUTE !... MAIS DE PENSER À NOUS, AU MILIEU DE CETTE SOLITUDE... ÇA ME FAIT PEUR ...
TOUTE MA VIE...
...J'AI APPRIS À CRAINDRE LA PRÉSENCE DES AUTRES, JUSTEMENT...
...ET À PRÉSENT, JE NE PRESSENS PAS LE MOINDRE DANGER...
TOUJOURS RIEN ?...
TOUJOURS RIEN, VOTRE EXCELLENCE... MAIS ILS N'AURONT PAS PU ALLER BIEN LOIN...
215

C'EST L'AFFAIRE D'UNE OU DEUX MINUTES...
JE CROIS APERCEVOIR QUELQUE CHOSE, AU LOIN... JE PASSE SUR "MARCHE SILENCIEUSE"... PRÊT, MITRAILLEUR ?
PRÊT !
S'IL S'AGIT D'EUX, FAIS TON TRAVAIL ET RENTRE, DISCRÈTEMENT... LE "MÉGA" IGNORE QUE J'AI ORDONNÉ D'EN FINIR AVEC SON SOSIE. MON INITIATIVE POURRAIT LUI DÉPLAIRE! ET POURTANT, JE N'AGIS QUE POUR SON BIEN... PAR IMPÉRIEUSE NÉCESSITÉ!
JE LES AI SUR MON ÉCRAN...
VOYONS ÇA...
?!!?
?...
QUE T'ARRIVE-T-IL ?
CHUT !
MAIS... QUE... ?
CCHUT! TAIS-TOI!
LÀ! REGARDE!
...

C'EST UN "VOLANT" DE LA CITÉ DES COUPOLES... IL VIENT SUR NOUS !!
COMMENT AS-TU PU L'ENTENDRE ?... À PEINE S'IL RONRONNE ?!
ATTENTION, MITRAILLEUR... VISÉE FRONTALE !
JE N'AIME PAS ÇA !... PAS DU TOUT ! C'EST NOUS QU'ILS CHERCHENT ! ET PAS UN SEUL ABRI EN VUE !
M-MAIS... ILS N'ONT AUCUNE RAISON DE VOULOIR NOUS...
DANS MA LIGNE DE MIRE, PILOTE ! VAS-Y ! J'OUVRE LE FEU !
KRA-KATA TAK TAK
ATAKATAK !!!
PIOUCH !! PIOUCH ! PIOUCH !
ATTENTION !
MAIS...
!!!
PAR TOUS LES... ?!!
4
1

SAUTE ! SAUTE !
MITRAILLEUR, ATTENTION ! JE NOUS SORS DE LÀ AVANT QU'ILS NE NOUS METTENT EN TORCHE !
AOUGH !!

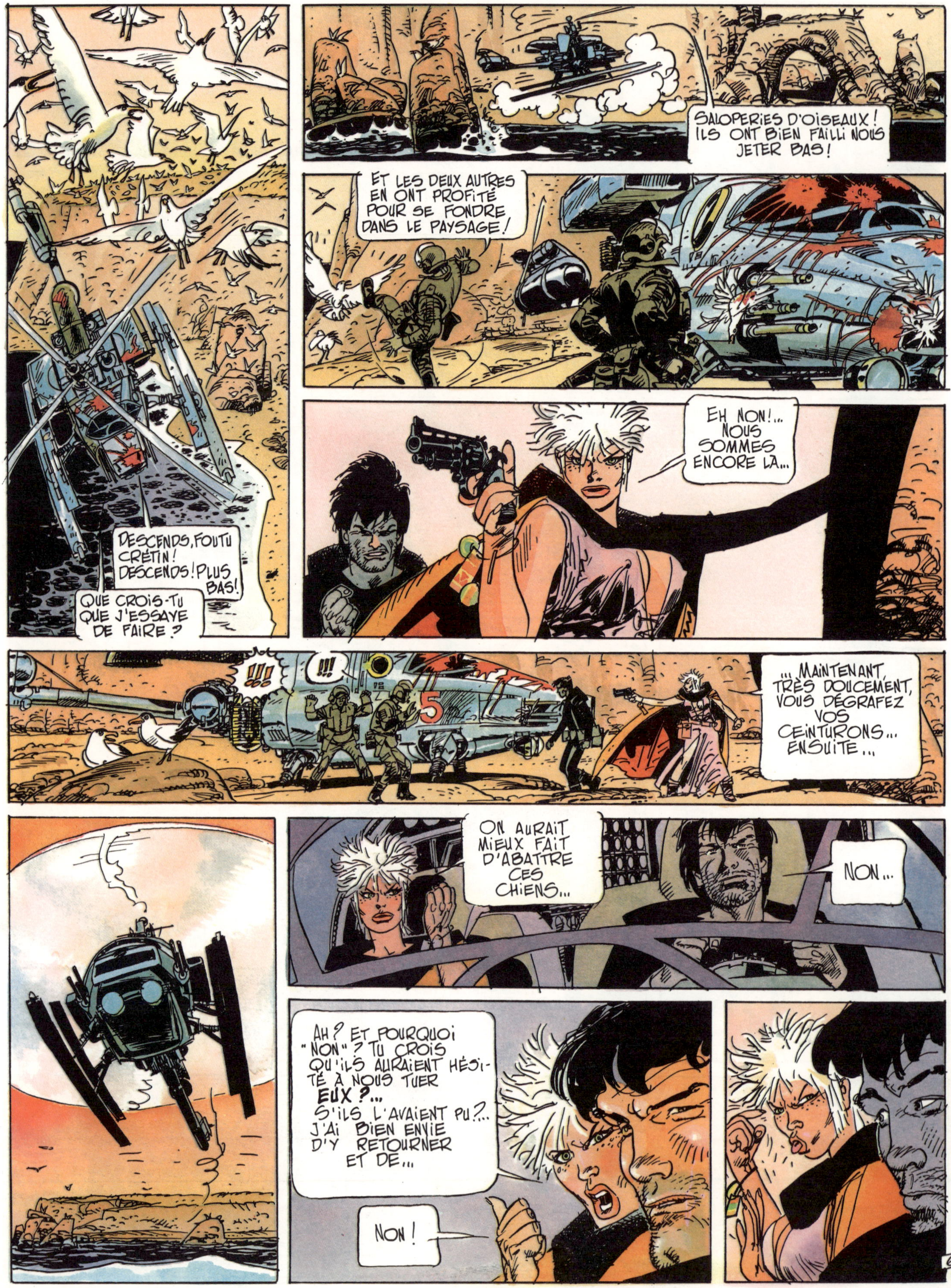

DESCENDS, FOUTU CRÉTIN! DESCENDS! PLUS BAS!
QUE CROIS-TU QUE J'ESSAYE DE FAIRE ?
SALOPERIES D'OISEAUX! ILS ONT BIEN FAILLI NOUS JETER BAS!
ET LES DEUX AUTRES EN ONT PROFITÉ POUR SE FONDRE DANS LE PAYSAGE!
EH NON!... NOUS SOMMES ENCORE LÀ...
!!!
!!!
... MAINTENANT, TRÈS DOUCEMENT, VOUS DÉGRAFEZ VOS CEINTURONS... ENSUITE...
ON AURAIT MIEUX FAIT D'ABATTRE CES CHIENS...
NON...
AH? ET POURQUOI "NON"? TU CROIS QU'ILS AURAIENT HÉSITÉ À NOUS TUER EUX?... S'ILS L'AVAIENT PU?... J'AI BIEN ENVIE D'Y RETOURNER ET DE...
NON!

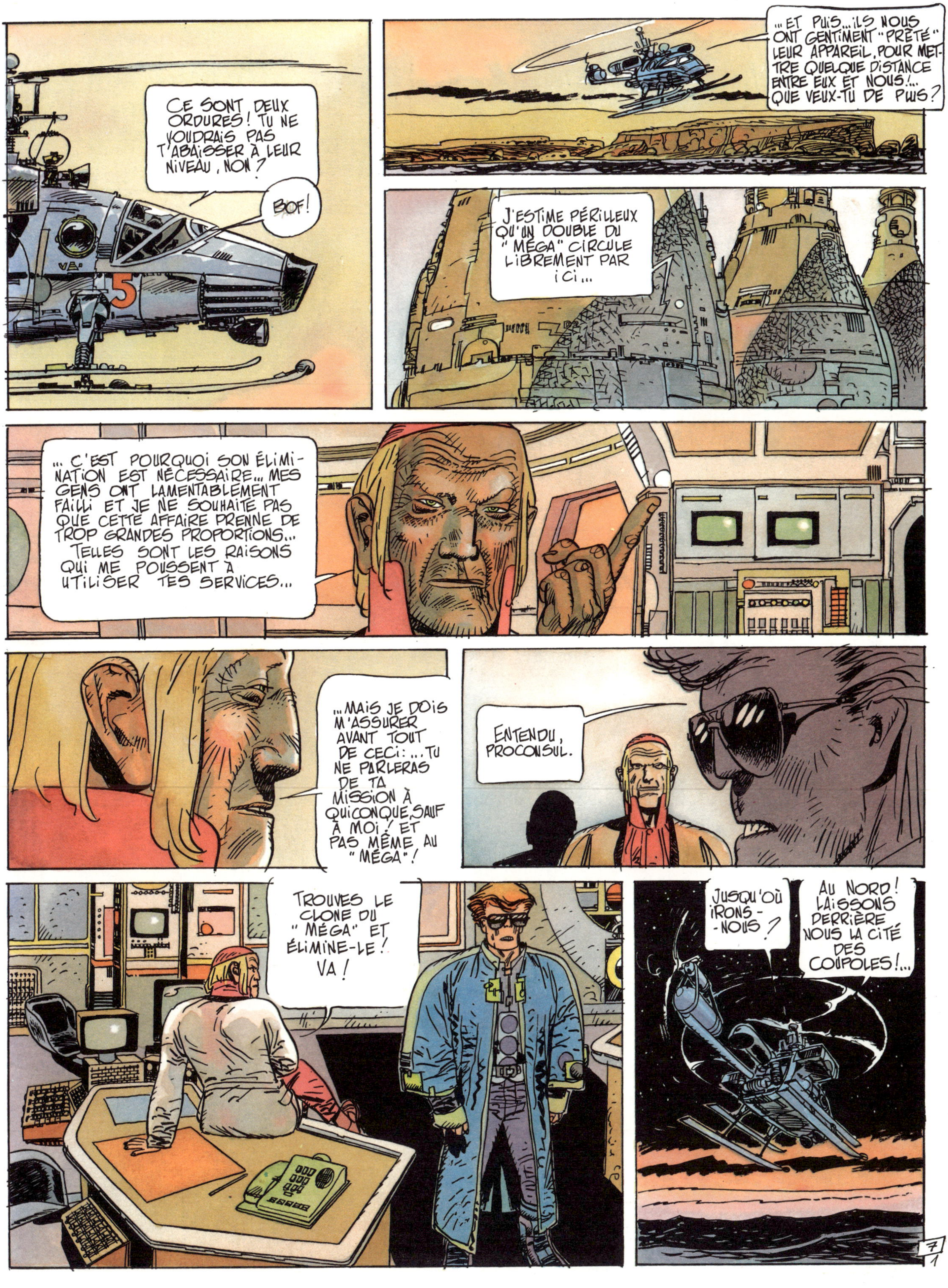
CE SONT DEUX ORDURES ! TU NE VOUDRAIS PAS T'ABAISSER À LEUR NIVEAU, NON ?
BOF !
... ET PUIS... ILS NOUS ONT GENTIMENT "PRÊTÉ" LEUR APPAREIL, POUR METTRE QUELQUE DISTANCE ENTRE EUX ET NOUS !... QUE VEUX-TU DE PLUS ?
J'ESTIME PÉRILLEUX QU'UN DOUBLE DU "MÉGA" CIRCULE LIBREMENT PAR ICI...
... C'EST POURQUOI SON ÉLIMINATION EST NÉCESSAIRE... MES GENS ONT LAMENTABLEMENT FAILLI ET JE NE SOUHAITE PAS QUE CETTE AFFAIRE PRENNE DE TROP GRANDES PROPORTIONS... TELLES SONT LES RAISONS QUI ME POUSSENT À UTILISER TES SERVICES...
... MAIS JE DOIS M'ASSURER AVANT TOUT DE CECI : ... TU NE PARLERAS DE TA MISSION À QUICONQUE, SAUF À MOI ! ET PAS MÊME AU "MÉGA" !
ENTENDU, PROCONSUL.
TROUVES LE CLONE DU "MÉGA" ET ÉLIMINE-LE ! VA !
JUSQU'OÙ IRONS-NOUS ?
AU NORD ! LAISSONS DERRIÈRE NOUS LA CITÉ DES COUPOLES !...

... POUR CE QUE J'EN SAIS, TOUTES CES CANAILLES SE SONT SERVIES DE MOI ! SANS ARRÊT ! SI C'EST AINSI, SOIT !... MAIS UNE IDÉE M'EST VENUE !
POURQUOI ONT-ILS TENTÉ DE NOUS TUER ? ... JE NE TROUVE QU'UNE BONNE RAISON : JE SUIS L'EXACTE RÉPLIQUE DU "MÉGA"... LE SEUL CAPABLE DE SUPPLANTER CE TYRAN PATHÉTIQUE !... BON !... ET POURQUOI PAS, AU FOND ?
CERTES !... MAIS POURQUOI VOUDRAIS-TU T'ASSEOIR SUR LE TRÔNE DU "MÉGA" ? ... C'EST BOUFFON !
ABSOLUMENT PAS ! CES GENS SONT EN TRAIN D'ÉQUIPER UNE IMMENSE NEF, SUSCEPTIBLE DE FRANCHIR LES LIMITES DU SYSTÈME SOLAIRE ! ET C'EST NOUS QUI MONTERONS DANS CETTE NEF ! NOUS ! PAS EUX !
TU ES FOU ! UNE ARMÉE ENTIÈRE DÉFEND LA CITÉ DES COUPOLES !
MAIS SI J'ARRIVE À SUPPLANTER LE "MÉGA" ?... À QUI OBÉIRA CETTE ARMÉE, SINON À MOI ?... NOUS AVONS BESOIN D'UN BON PLAN !
À QUI OBÉIRA CETTE ARMÉE, SINON À MOI ?... NOUS AVONS BESOIN D'UN BON PLAN !
?!
ET DE TEMPS ! TU NE POURRAIS PAS VOLER PLUS HAUT ?... ON VA FINIR À LA MER !
LEURS RADARS NOUS LOCALISERAIENT.
AU DÉBUT, J'AI CRU QUE QUELQU'UN PARLAIT DANS UN ÉMETTEUR QU'ON AURAIT OUBLIÉ DE DÉCONNECTER...
HMM !
MAIS LA BANDE DE FRÉQUENCE EST... C'EST TOUT BONNEMENT INCROYABLE ! ... JE N'Y COMPRENDS RIEN...
INCROYABLE, HEIN ? NOUS ALLONS VOIR ÇA !... TOI, LE PILOTE, CAP VERS LE HAUT ! ON FAIT SURFACE !
8
1

!?
BIP... BIP... BIP...!
QU'EST-CE-QUE C'EST QUE ÇA ?
DE PLUS EN PLUS RAPIDE ! FAIS QUELQUE CHOSE !!
BIP BIP BIPBIPBIPBIP !!
JE FAIS QUOI, MOI ? J'PARLE PAS CETTE LANGUE !
RIEN !... NULLE PART !... BAH !
!!!
ICI, CHEF ! ICI !!
AH !!!
AOUCH !
BRANG...
CRA-AANNGL !!!
!!?!

HEUM!
EUH... ON AIMERAIT VOUS EXPRIMER NOTRE GRATITUDE POUR NOUS AVOIR REPÊCHÉS, LES AMIS!... VOUS... VOUS ÊTES DES "EXTÉRIEURS"?
?!!
AAAAOOOUUUUGH!!
!!!
AAYYYYYYY!!
C'EST LE RADIO!
QU'EST-CE-QUE T'AS? T'ES DEVENU DINGUE?
C'EST CET ÉCOUTEUR! IL M'A GUEULÉ DANS LES OREILLES... UN BEUGLEMENT HORRIBLE!... LE MUGISSEMENT D'UN TAUREAU EN RUT! OUI MONSIEUR!... D'UN TAUREAU EN RUT!
T'ES CINGLÉ, L'RADIO!
QU'EST-CE-QUI LUI PRENDS, À CE TAS D'BOUE? HEIN?
QU'ELLE EST H.S.! REMETS-LA EN ÉTAT SI TU PEUX, ET SINON, NE VIENS PLUS NOUS LES BRISER! VU?...

ELLE MARCHAIT BIEN, POURTANT ! ELLE MARCHAIT PARFAITEMENT !
NE CRIE PAS, HEIN ! NE CRIE PAS ! ÇA ME TUE !
JE N'AIME PAS CES GENS ! JE N'AI PAS CONFIANCE EN EUX...
NE TENTE RIEN... NOUS ALLONS NOUS SORTIR DE LÀ...
LA MER EST IMMENSE ET IL A FALLU QUE TU TE...
EH ! CHEF ! C'EST BIEN LES SIENS, EH ! HA HA HAAA !
!!!
WOUMP !
QUI T'A PERMIS, IMBÉCILE !
SAGE, TOI ! OÙ T'ALLAIS ?

HiHi !... BRAVO, CHEF ! QUELLE BÊCHEUSE, CETTE PÉTASSE !
CRÉTIN !
CRÉTIN ! JE NE VEUX PAS DE PROBLÈMES À BORD ! Si TU AS TES CHALEURS, SAUTE À LA BAILLE !
THUMP !
ÇA SUFFIT, MAINTENANT ! VOUS ME FATIGUEZ ! FATIGUEZ ! RAS-LA-CASQUETTE !
CAP AU NORD, PILOTE ! FAIS-MOI DANSER CES PILES ATOMIQUES ! DROIT SUR LE DÔME DES PLAISIRS.

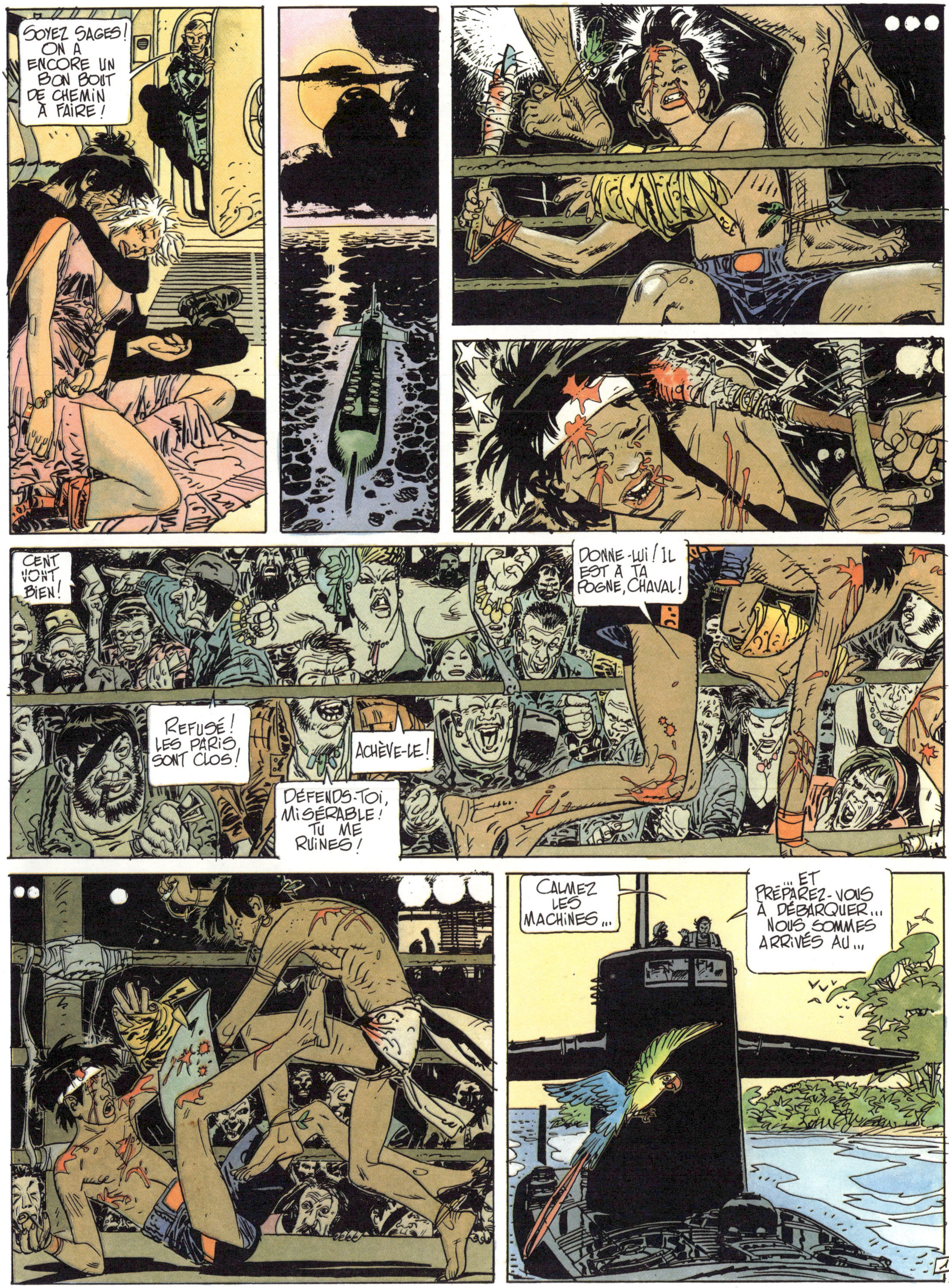
SOYEZ SAGES ! ON A ENCORE UN BON BOUT DE CHEMIN À FAIRE !
CENT VONT BIEN !
DONNE-LUI ! IL EST À TA POGNE, CHAVAL !
REFUSÉ ! LES PARIS SONT CLOS !
ACHÈVE-LE !
DÉFENDS-TOI, MISÉRABLE ! TU ME RUINES !
CALMEZ LES MACHINES...
... ET PRÉPAREZ-VOUS À DÉBARQUER... NOUS SOMMES ARRIVÉS AU...

...DÔME DES PLAISIRS.
LAISSE FILER... VOILÀ... ARRIME-LE, À PRÉSENT !
OH ! LES ENFANTS ! REGARDEZ QUI NOUS ARRIVE... LA VACHE DE MER... MOI QUI CROYAIS QU'VOUS AVIEZ OUBLIÉ LES MANOEUVRES POUR REFAIRE SURFACE !!
UN DE CES JOURS, EN HAUTE MER, EN ZYEUTANT DANS MON PÉRISCOPE, JE TOMBERAI SUR TA PIROGUE MATELOT ! ALORS LÀ, JE...
2

ALLEZ, VOUS-AUTRES! DEBOUT!
!
PAYE!
CENT ME R'VIENNENT!
A MOI! MOI!
ICI! ICI! CINQ CONTRE UN!
A LA PREMIÈRE OCCASION, ON MET LES VOILES! ASSEZ TERGIVERSÉ!
SILENCE! PAS DE MESSES BASSES!
NO... NO... NO... NO... NO... NO...
NO!
N-NOOOOO...!
ATTENTION!
AAAH!!
?!!
IL EST FOU?
QUE FAIT-IL?
IL HALLUCINE?
MAIS NON! IL ESSAYE DE S'ENFUIR!
OH!
HÉ!
HÉ!... PETIT!

PERSONNE NE SORT D'ICI SANS AUTORISATION !
POWN!
POWN! POWN!
POWN!
POWN
!!!
!?
?!
?!
?
QU'EST-CE QUE C'ÉTAIT? QUELQUE CHOSE EST TOMBÉ...?
ÇA TE REGARDE?... AVANCE !... AVANCE !
HALTE !
AH? LE MONARQUE VOUDRAIT NOUS VOIR?
CE SONT SES ORDRES. ...TOI ET CES DEUX-LÀ... SEULS ET SANS ARMES !

HÉ!... TOI!... DU CONTRÔLE!... LAISSE PASSER!
CELLULES DE DÉTECTION DÉCONNECTÉES! LASERS DÉBRANCHÉS... MON LIEUTENANT!
DEUX PRÉCAUTIONS VALENT MIEUX QU'UNE! SUIVEZ-MOI JUSQU'AUX ASCENSEURS!
AAAYHAAAAH!!
!!!
STOP CONTROL
?!!!
LES "AMOKS"! ATTENTION, LES GARS!
AYAAAH!!

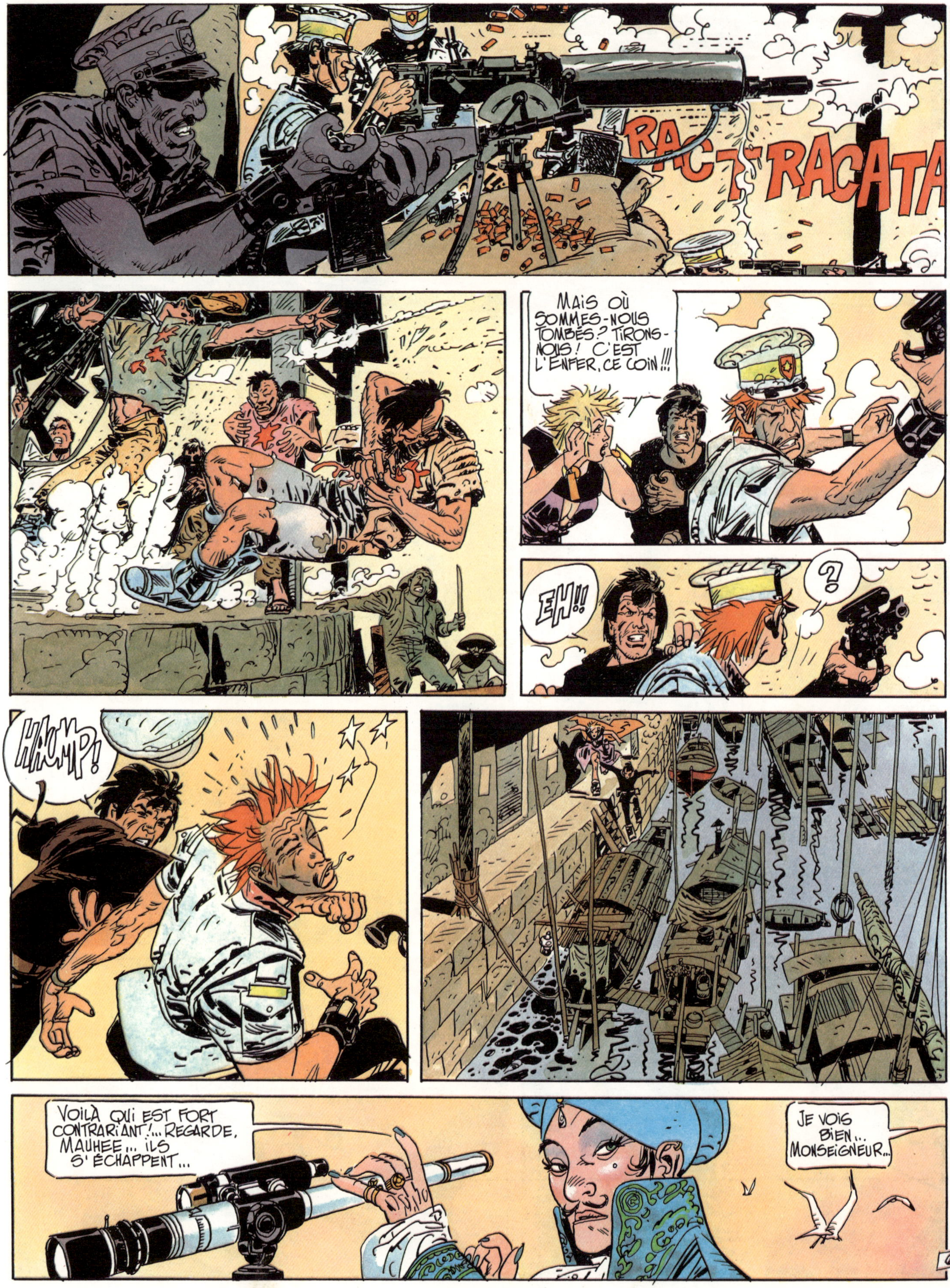
RAC
RACATA
MAIS OÙ SOMMES-NOUS TOMBÉS ? TIRONS-NOUS ! C'EST L'ENFER, CE COIN !!!
EH !!
?
HAOUMP !
VOILÀ QUI EST FORT CONTRARIANT !... REGARDE, MAUHEE... ILS S'ÉCHAPPENT...
JE VOIS BIEN... MONSEIGNEUR...

NOUS AVONS BESOIN DE CES DEUX-LÀ, MAUHEE...
IL NOUS FAUT EN SAVOIR PLUS...
...SUR CE CONTE ÉTRANGE QUE NOUS ONT NARRÉ CES SOUS-MARINIERS ...
IL EN SERA FAIT SELON TON DÉSIR, BIEN-AIMÉ PRINCE...
MAIS... OÙ COURRONS-NOUS COMME ÇA ?
PAR LÀ ! VIENS !
SAUTE !
!?!

JE SAIS... JE SAIS... MAIS NOS AFFAIRES SONT PLUS URGENTES !
HÉ !!
ACCROCHE-TOI !
FONCE !
DROIT DEVANT ! ON DIRAIT QUE, LÀ-BAS AU BOUT, LE LABYRINTHE SE DÉMÊLE !
ON S'EN SORT BIEN !
ALORS ? TU VOIS ? ON A RÉUSSI !
8
2

JE ME SENTIRAI MIEUX QUAND J'ARPENTERAI LE PLANCHER DES VACHES !
ET JUSQU'OÙ CROIS-TU QUE NOUS POURRONS ALLER... SUR TON PLANCHER DES VACHES ?
ÇA VEUT DIRE **QUOI** ?
QUE NOUS AVONS LE MAINS LIÉES... NUL ENDROIT OÙ NOUS RENDRE... **RIEN** !... NOUS SOMMES BLOQUÉS AU MILIEU DE NULLE PART !
BLOQUÉS ?... JE NE TE SUIS PAS, TU SAIS ! TU POURRAIS T'EXPRIMER EN LANGAGE CLAIR ?...
LÀ-HAUT, QUELQUE PART DANS L'ESPACE, ORBITE AUTOUR DE LA PLANÈTE UNE NEF GIGANTESQUE, PRÊTE À QUITTER CE SYSTÈME SOLAIRE CONDAMNÉ...
... LE "MÉGA" ET SA COUR, TOUS CES COLLECTIONNEURS DE "CRIMES CONTRE L'HUMANITÉ", VONT S'Y EMBARQUER JOYEUSEMENT, TOUT COMME ILS ONT VÉCU... ILS CONTINUERONT LÀ-BAS À PERPÉTRER LES MÊMES FORFAITS, PENDANT QUE NOUS AUTRES, LARVES, RAMPERONT ICI JUSQU'À NOTRE MORT...
TU N'ARRIVES DÉCIDEMENT PAS À OUBLIER QUE TU AS VÉCU PARMI LES REBELLES DES CITÉS INTÉRIEURES, HEIN ?
OUBLIE DONC TOUT ÇA ! CES OBSESSIONS TE RENDENT LE VIE AMÈRE ! CONTENTE-TOI D'ÊTRE HEUREUX ! NOUS AVONS LA VIE DEVANT NOUS !
LA VIE PASSE VITE QUAND LA MENACE D'UNE FIN EFFROYABLE PÈSE SUR ELLE !

EY!!?
REGARDE! CETTE PETITE RADE ME SEMBLE PARFAITE! CRAMPONNE-TOI!
MAIS... ??
SI SEULEMENT JE SAVAIS ARRÊTER CE TRUC !!!
!!!
TU VOIS? IL A FINI PAR S'ARRÊTER! ET SANS DOMMAGE! NON?
EUH... OUI!... OUI!...
JE NE SAIS PAS SI LE MOTEUR PEUT EN DIRE AUTANT!...
CR-CRIC!
DU CALME!
!!!
!Z!!
Z!!!
Z!
QUI ÊTES-VOUS? QUE FAITES-VOUS DANS CE CANOT? SANS IMPORTANCE! VOUS RACONTEREZ TOUT ÇA À "UNO", AU CAMPEMENT! ALLEZ! EN ROUTE!

UNE MINUTE !... QU'EST-CE QU'ON VOUS A FAIT ?... POURQUOI VOUS MONTRER TOUT DE SUITE HOSTILES ?
SILENCE, TOI !... ALLEZ, AVANCE !
C'EST POURTANT VRAI ! ... ON NE VOUS A RIEN FAIT !... LAISSEZ-NOUS PARTIR TRANQUILLEMENT !... SOYEZ GENTILS !
FERME TA GUEULE, FEMME !
C'EST PAS JUSTE !! NOUS VENONS À PEINE D'ÉCHAPPER À LA POLICE DU DÔME DES PLAISIRS... TOUT ÇA POUR QU'UNE POIGNÉE DE COQUINS DANS VOTRE GENRE NOUS CASSE LA BARAQUE ! LAISSE-NOUS PARTIR, MAUDIT CRÉTIN ! LAISSE-NOUS !
LA FERME ! AVANCE !
J'EN PEUX PLUS !... JE SUIS FATIGUÉE DE TOUT CE CIRQUE ! LE MONDE ENTIER EST CONTRE NOUS !... JE N'EN PEUX PLUS !... SOYEZ MAUDITS !... MAUDITS !
FAIS LUI FERMER SA GUEULE, À CETTE SORCIÈRE !
NE T'ÉNERVE PAS !... NOUS TE SUIVONS !

HALTE!... ENTREZ LÀ... "UNO" DÉCIDERA DE VOTRE SORT...
?!
VOUS AVEZ MA PAROLE!... Y'A RIEN DE PLUS!... NOUS NE SOMMES NI DES ESPIONS, NI DES MALFAITEURS...
HMM...
TOUT N'EST PAS SI CLAIR!... LE CANOT QUE VOUS CONDUISIEZ APPARTENAIT À NOTRE ORGANISATION... IL DEVAIT SERVIR À NOUS RAMENER UN CHARGEMENT D'ARMES... ET MAINTENANT, NOUS N'AVONS NI LES ARMES, NI L'ARGENT!...
NI LE CANOT!
NOUS AVONS PROFITÉ D'UN ASSAUT DES "AMOKS" POUR FUIR... NOUS NE POUVIONS PAS NOUS DOUTER...
JE SUIS AU COURANT... CES "AMOKS" ÉTAIENT DES NÔTRES...

ILS TENTAIENT DE PROFITER DE VOTRE PASSAGE PAR LES ASCENSEURS POUR ARRIVER JUSQU'AU MONARQUE. ... ÇA S'EST MAL PASSÉ! NOUS AVONS EU PAS MAL DE PERTES...
CE MONDE EST CONDAMNÉ...
...SANS RÉMISSION! ET TOUTES LES RÉVOLUTIONS AVEC! ... ALORS POURQUOI LUTTER?
PEUT-ÊTRE POUR GARDER L'IMPRESSION D'ÊTRE TOUJOURS EN VIE?...
CE N'EST PAS NOUS, LE PEUPLE, QUI AVONS MENÉ CE MONDE À SA PERTE. MAIS LES MARCHANDS DE MORT ET LES FABRICANTS D'ARMES, LES PRINCES DE L'ÉCONOMIE, ET LEURS DESPOTES D'ALLIÉS, MILITAIRES OU CIVILS... ET TU VOUDRAIS QUE JE CESSE DE LUTTER?... QUE JE ME RENDE?...
LES RÉVOLUTIONNAIRES PÉRIRONT PEUT-ÊTRE, ET AVEC EUX LES RÉVOLUTIONS... MAIS C'EST ÉGAL!... NOUS COMBATTRONS JUSQU'À LA MORT DU SOLEIL, PARCE QU'IL EST INIQUE QUE CES GENS MEURENT DANS LEUR DRAPS DE SOIE, APRÈS S'ÊTRE RENDUS COUPABLES DE TANT DE CRIMES...
TU PARLES D'INJUSTICE...
...ET TU NOUS RETIENS PRISONNIERS?... NOUS NE SOMMES EN RIEN MÊLÉS À...
AUCUNE RÉVOLUTION N'A, HÉLAS, ÉVITÉ DE GASPILLER QUELQUES GOUTTES DE SANG INNOCENT... POUR UNE RAISON QUE J'IGNORE, LE MONARQUE S'INTÉRESSE À VOUS...
?
!?
JE NE VAIS DONC PAS VOUS LAISSER PARTIR COMME ÇA... PEUT-ÊTRE POURRIONS-NOUS NOUS SERVIR DE VOUS CONTRE LE MONARQUE...
5
3

LÀ, DEHORS, MES GENS MEURENT DE FAIM EN SILENCE, ET SUPPORTENT STOÏQUEMENT LA MALADIE ET LA VERMINE... CROIS-TU DONC QU'ILS ONT RÉCLAMÉ DE VIVRE UNE TELLE VIE ?
NON... C'EST LE MONARQUE QUI LES Y A RÉDUITS, CAR TEL EST LE MÉTIER DES TYRANS...
...SON DÔME DES PLAISIRS N'EST PARADISIAQUE QUE POUR SES SEULS AMIS. POUR LES MIENS, SON NOM EST ENFER... PUISQU'ON PARLE D'INJUSTICES, VOUS COMPRENDREZ QUE JE PRÉFÈRE ÊTRE INJUSTE ENVERS VOUS...
VOUS ÊTES LIBRES D'ALLER OÙ VOUS VOUDREZ, TANT QUE VOUS RESTEZ DANS NOS MURS...
ELLE DOIT À PRÉSENT VISITER D'AUTRES CAMPEMENTS ! À SON RETOUR, ELLE DÉCIDERA DE VOTRE SORT !... COMMENT L'AVEZ-VOUS TROUVÉE ?
ELLE PARLE D'OR...
OUI, HEIN ?... ELLE EN SAIT, DES CHOSES !... ELLE A LU BEAUCOUP DE LIVRES !... ELLE N'EST PAS IGNORANTE COMME NOUS... C'EST POUR ÇA QUE NOUS LA SUIVRONS PARTOUT OÙ ELLE NOUS DIRA D'ALLER... JUSQU'EN ENFER !
TU SAIS QUOI ? JE CROIS QUE CETTE FEMME... "UNO"... A RAISON... NOUS DEVRIONS AIDER CES GENS ! LEUR CAUSE EST JUSTE !
ET NOUS AIDER NOUS-MÊMES, JAMAIS ? NOTRE CAUSE EST INJUSTE, PEUT-ÊTRE ?
J'Y SONGE, JUSTEMENT !... EN LES AIDANT D'ABORD, EUX, NOUS RÉUSSIRONS PEUT-ÊTRE À NOUS AIDER NOUS-MÊMES, ENSUITE...
...À NOUS EN SORTIR DÉFINITIVEMENT !... À ATTEINDRE LA GRANDE NEF STELLAIRE !

... FAIT DE PLUS EN PLUS CHAUD... IL NOUS RESTE BIEN PEU DE TEMPS. ... BIEN PEU !
1/4

?...
HALTE! OH! HALTE!
!!!
POWN!
POWN
UNE SEULE ISSUE: TENTER D'ATTEINDRE LA FORÊT...
...PAR LES TOITS...
IL N'IRA PAS LOIN!
2
4

QU'EST-CE QUI SE PASSE ?
ILS ON TIRÉ SUR UN TYPE QUI FILAIT À L'ANGLAISE... PEUT-ÊTRE BIEN UN ESPION DU MONARQUE...
LÀ-HAUT !... LES TOITS !... OÙ EST PASSÉ RAMIREZ ?
PANG!
BANG!
CRACK
BANG!
EY!!
M...! C'EST RATÉ !
ATTENTION ! CE TYPE VIENT VERS NOUS, ET LES AUTRES NE PLAISANTENT PAS !
3
4

BANG!
BANG!
BANG!
ÇA VIENT DE PAR LÀ!... CHANGEZ DE CAP! SUS À LUI!
ET MEEERDE!... LA PARTIE FINIT EN FARCE!... LE JEU... EST... FINI!
UNE... VILAINE... BLAGUE... ET J'AI PAS PU... Y COUPER...
QUEL JEU?!... DE QUEL JEU VEUT-IL PARLER?
UNE FARCE? QUI SERAIT UN JEU? QUE RACONTE-T-IL?
VA SAVOIR!... IL EST MORT!

ON T'A PAS TROP FAIT PEUR, PETIT OISEAU DES ÎLES ?... RÉSULTAT DES COURSES: LES MORTS NE FONT DE TORT À PERSONNE !...
QUI EST CET HOMME ?... UN ESPION DU MONARQUE ?
UN ESP... ? AH ! P'TET BEN QU'OUI !... TÂCHE D'OUVRIR L'OEIL, PETIT OISEAU DES ÎLES... PAR CETTE CHALEUR, PERSONNE NE DORT VRAIMENT ! HI HI HI !..
POURQUOI M'AVOIR RACONTÉ TOUTE CETTE HISTOIRE DE NEF STELLAIRE ET DE CITÉ DES COUPOLES ?
PARCE QU'AVEC L'AIDE DE TES GENS, NOUS POURRIONS NOUS EMPARER DE LA NEF, ET FUIR CETTE PLANÈTE AVANT SON DÉSASTRE...
... LA CHALEUR AUGMENTE TOUS LES JOURS, C'EST CERTAIN... IL RESTE PEU DE TEMPS... BON !... NE PARLE À PERSONNE DE CETTE HISTOIRE...

HALTE! LES MAINS EN L'AIR, L'AMI!
ET NE T'AVISE PAS D'ACTIVER TOUTE TA MÉCANIQUE MUSCULAIRE, L'HERCULE... PARCE J'AURAIS VITE FAIT DE TE COULER UNE BIELLE!... BON, TU PEUX TE RETOURNER...

HÉ !... QUE FAIS-TU !... ARRÊTE ÇA, OU JE TIRE !!!
BANG!
BANG!
BANG!
AARRRGH!...
TOI AUSSI, T'AS CHAUD, HEIN ?... MOCHETÉ DE CLEBS !... ATTENDS UN PEU QUE LE SOLEIL S'EMBALLE !... LÀ, TU POURRAS TIRER LA LANGUE !!
ET SI J'TE COLLAIS UNE PRALINE, LE CHIEN ?... QU'EN DIS-TU ?... ET SI J'T'EN COLLAIS UNE ?
7/4

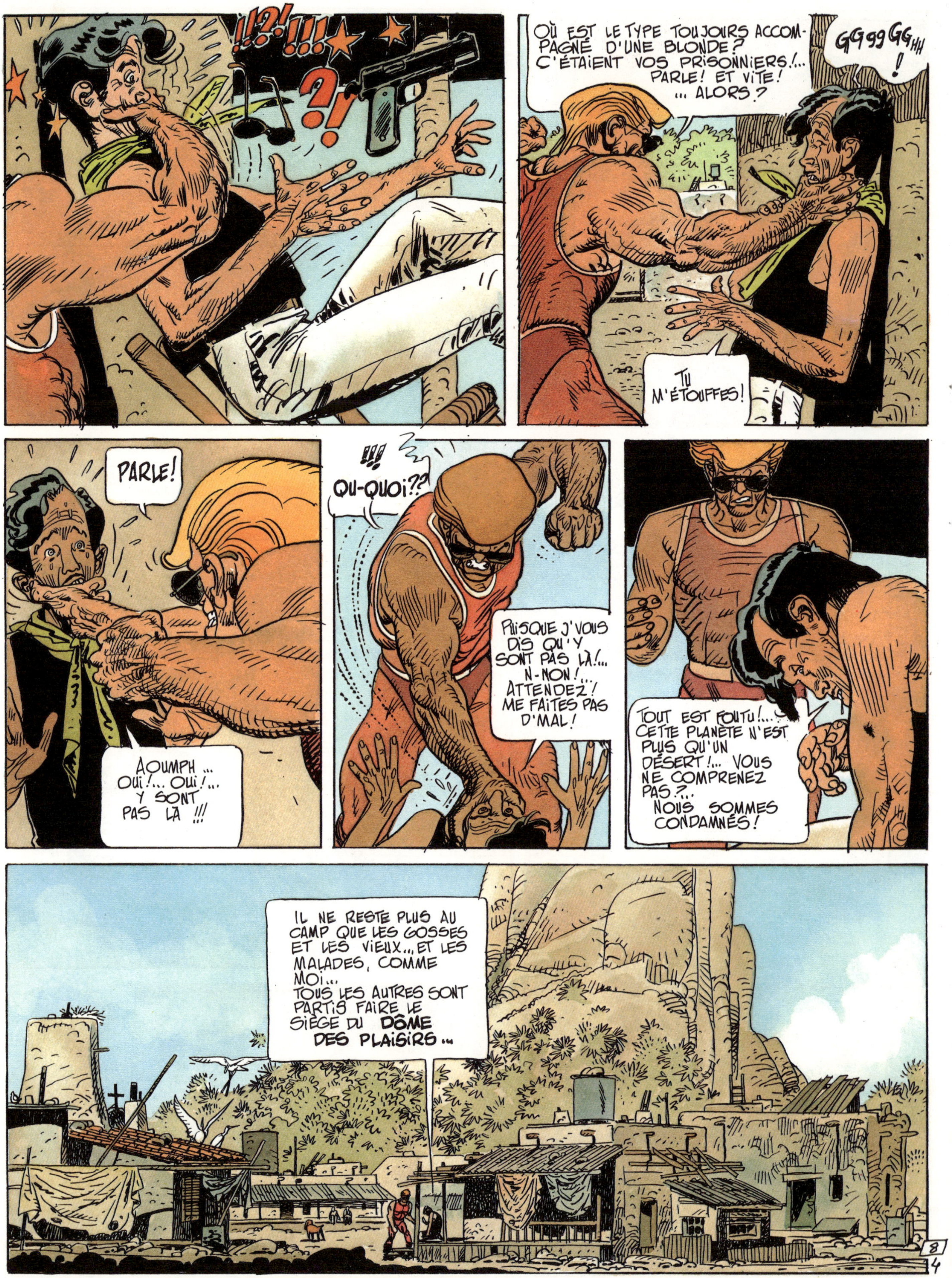
!!?!!!!
?!
OÙ EST LE TYPE TOUJOURS ACCOMPAGNÉ D'UNE BLONDE ? C'ÉTAIENT VOS PRISONNIERS !... PARLE ! ET VITE ! ... ALORS ?
GGggGGHH !
TU M'ÉTOUFFES !
PARLE !
AOUMPH ... OUI !... OUI !... Y SONT PAS LÀ !!!
!!!
QU-QUOI ??
PUISQUE J'VOUS DIS QU'Y SONT PAS LÀ !... N-NON !... ATTENDEZ ! ME FAITES PAS D'MAL !
TOUT EST FOUTU !... CETTE PLANÈTE N'EST PLUS QU'UN DÉSERT !... VOUS NE COMPRENEZ PAS ?... NOUS SOMMES CONDAMNÉS !
IL NE RESTE PLUS AU CAMP QUE LES GOSSES ET LES VIEUX... ET LES MALADES, COMME MOI... TOUS LES AUTRES SONT PARTIS FAIRE LE SIÈGE DU **DÔME DES PLAISIRS**...

PEUR ?
HAUT LES COEURS. "AMOKS" !... NOTRE SOLEIL VA BIENTÔT EXPLOSER ! L'HEURER N'EST PAS AU SOMMEIL, NI AUX PRIÈRES...
PUISQU'IL NOUS FAUT MOURIR, MOURONS SELON NOS VOEUX ! PUISQUE L'ENFER NOUS OUVRE SA POTERNE, PRENONS SATAN À LA GORGE !!!
ELLE ME L'A ENLEVÉ DE LA BOUCHE...
?

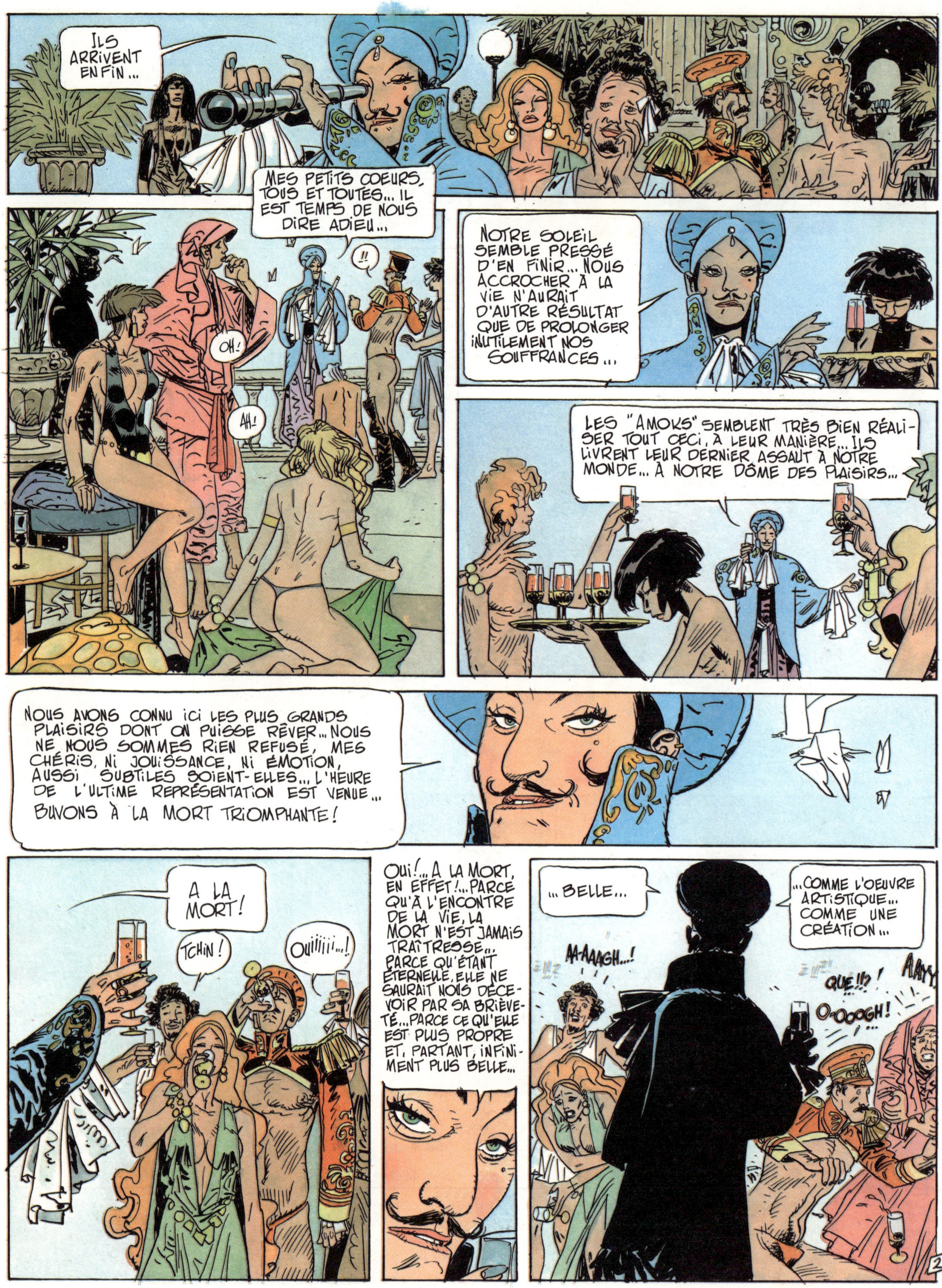
ILS ARRIVENT ENFIN...
MES PETITS COEURS, TOUS ET TOUTES... IL EST TEMPS DE NOUS DIRE ADIEU...
!!
OH!
AH!
NOTRE SOLEIL SEMBLE PRESSÉ D'EN FINIR... NOUS ACCROCHER À LA VIE N'AURAIT D'AUTRE RÉSULTAT QUE DE PROLONGER INUTILEMENT NOS SOUFFRANCES...
LES "AMOKS" SEMBLENT TRÈS BIEN RÉALISER TOUT CECI, À LEUR MANIÈRE... ILS LIVRENT LEUR DERNIER ASSAUT À NOTRE MONDE... À NOTRE DÔME DES PLAISIRS...
NOUS AVONS CONNU ICI LES PLUS GRANDS PLAISIRS DONT ON PUISSE RÊVER... NOUS NE NOUS SOMMES RIEN REFUSÉ, MES CHÉRIS, NI JOUISSANCE, NI ÉMOTION, AUSSI SUBTILES SOIENT-ELLES... L'HEURE DE L'ULTIME REPRÉSENTATION EST VENUE... BUVONS À LA MORT TRIOMPHANTE!
A LA MORT!
TCHIN!
OUIIIIII...!
OUI!... A LA MORT, EN EFFET!... PARCE QU'À L'ENCONTRE DE LA VIE, LA MORT N'EST JAMAIS TRAÎTRESSE... PARCE QU'ÉTANT ÉTERNELLE, ELLE NE SAURAIT NOUS DÉCEVOIR PAR SA BRIÈVETÉ... PARCE CE QU'ELLE EST PLUS PROPRE ET, PARTANT, INFINIMENT PLUS BELLE...
... BELLE...
... COMME L'OEUVRE ARTISTIQUE... COMME UNE CRÉATION...
AA-AAAGH...!
QUE!!?!
AAYY!
O-OOOGH!

...PUR... ULTIME ORGASME!... QUE TU ES JOLIMENT TOMBÉ, MON BON MATHEUS, FOUGUEUX CAPITAINE!... ET TOI, DONC, SUPERBE DORIA!... TU IMAGINES MAL À QUEL POINT MON PLAISIR EST IMMENSE DE POUVOIR AINSI CONTEMPLER LE TREMBLEMENT DE TES SEINS D'ALBÂTRE, FAIBLEMENT SECOUÉS PAR LES CONVULSIONS DE L'AGONIE... D'UNE AGONIE INATTENDUE...
CETTE LIQUEUR LÉTALE AURAIT-ELLE DÉJÀ ÉMOUSSÉ TES SENS?... QUELLE IDÉE DE GÉNIE, N'EST-CE-PAS, ...DE PARTAGER AINSI NOTRE ULTIME PLAISIR?... POUR TOI, DE MOURIR EN TE SENTANT POSSÉDÉE... ET POUR MOI, DE TE POSSÉDER EN ME SENTANT MOURIR...
AAAAH! OUIIIII! OUIIII! VIVE... LA... MORT! OOOH...!
SKRAAA-AUUUMH!!
PAS DE QUARTIER, LES GARS!
CE COUP-CI, ILS Y ONT TOUS DROIT!... N'ÉPARGNEZ PAS LA POUDRE!... REMUEZ-VOUS L'CUL, BANDE DE CONS!!
3

BROOUMSH!
AOUMPH!
!?
ÇA PÈSE, HEIN ?
!!!
TOUNK!

L'ABSURDE CARNAGE! POURQUOI "UNO" N'A-T-ELLE ÉTABLI AUCUN PLAN STRATÉGIQUE ?
ELLE QUI CAUSE SI BIEN ? ELLE, SI FÛTÉE ? HEIN ?
ÉCOU-TE...? MAIS, C'EST...
!!!
ATTENTION!!
"UNO"!
HÉ! OUTCH! ICI!... HÉ!
POWN!
POWN!
POWN!
POWN!
?!
POWN!
CLIC!
CLICK!

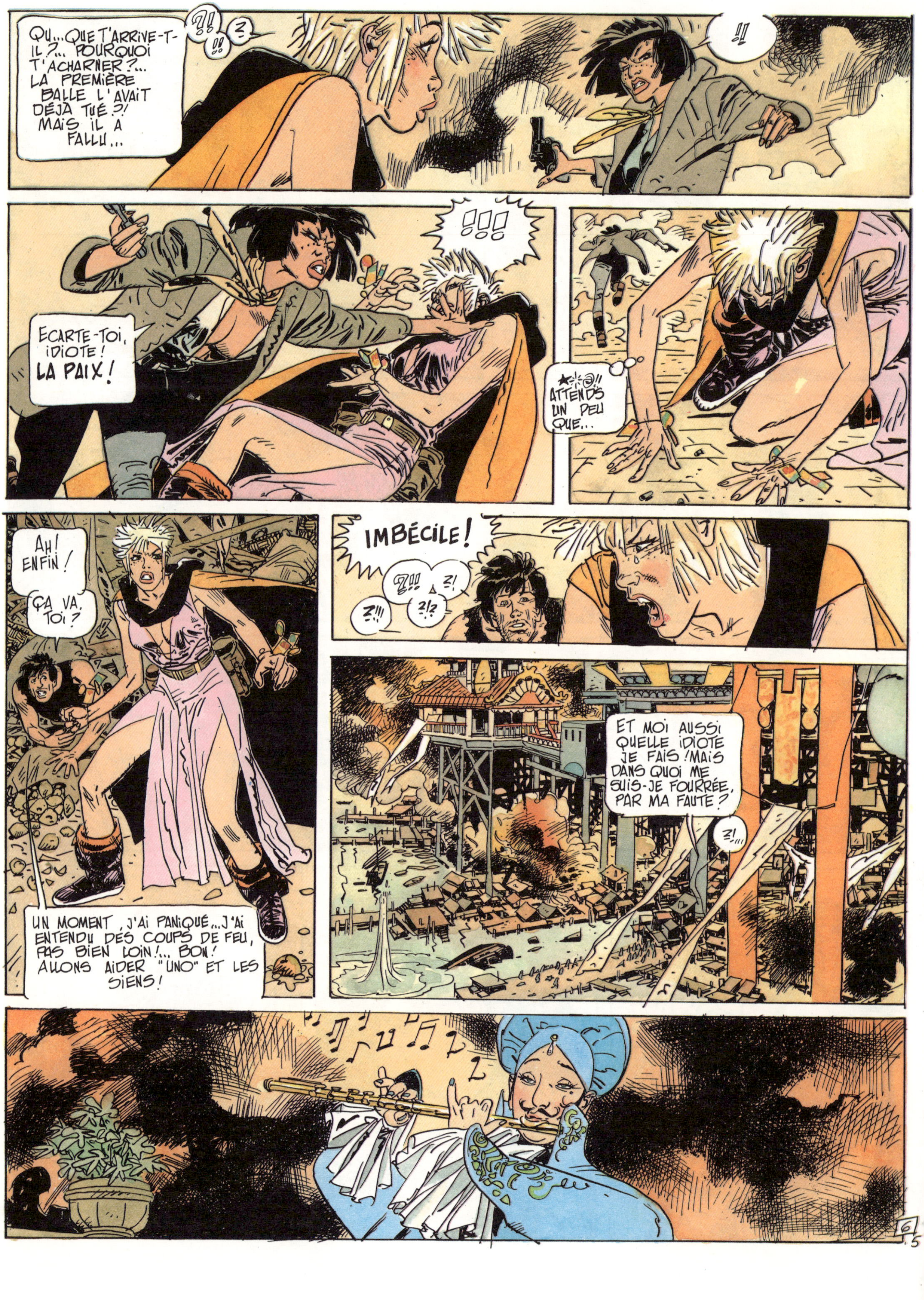
QU... QUE T'ARRIVE-T-IL ?... POURQUOI T'ACHARNER ?... LA PREMIÈRE BALLE L'AVAIT DÉJÀ TUÉ ?! MAIS IL A FALLU...
?!! ?
!!
!!
!!!
ECARTE-TOI, IDIOTE ! LA PAIX !
ATTENDS UN PEU QUE...
AH ! ENFIN !
ÇA VA, TOI ?
UN MOMENT, J'AI PANIQUÉ... J'AI ENTENDU DES COUPS DE FEU, PAS BIEN LOIN !... BON ! ALLONS AIDER "UNO" ET LES SIENS !
IMBÉCILE !
?!!
Z!
Z!!!
?!?
ET MOI AUSSI QUELLE IDIOTE JE FAIS ! MAIS DANS QUOI ME SUIS-JE FOURRÉE, PAR MA FAUTE ?
Z!

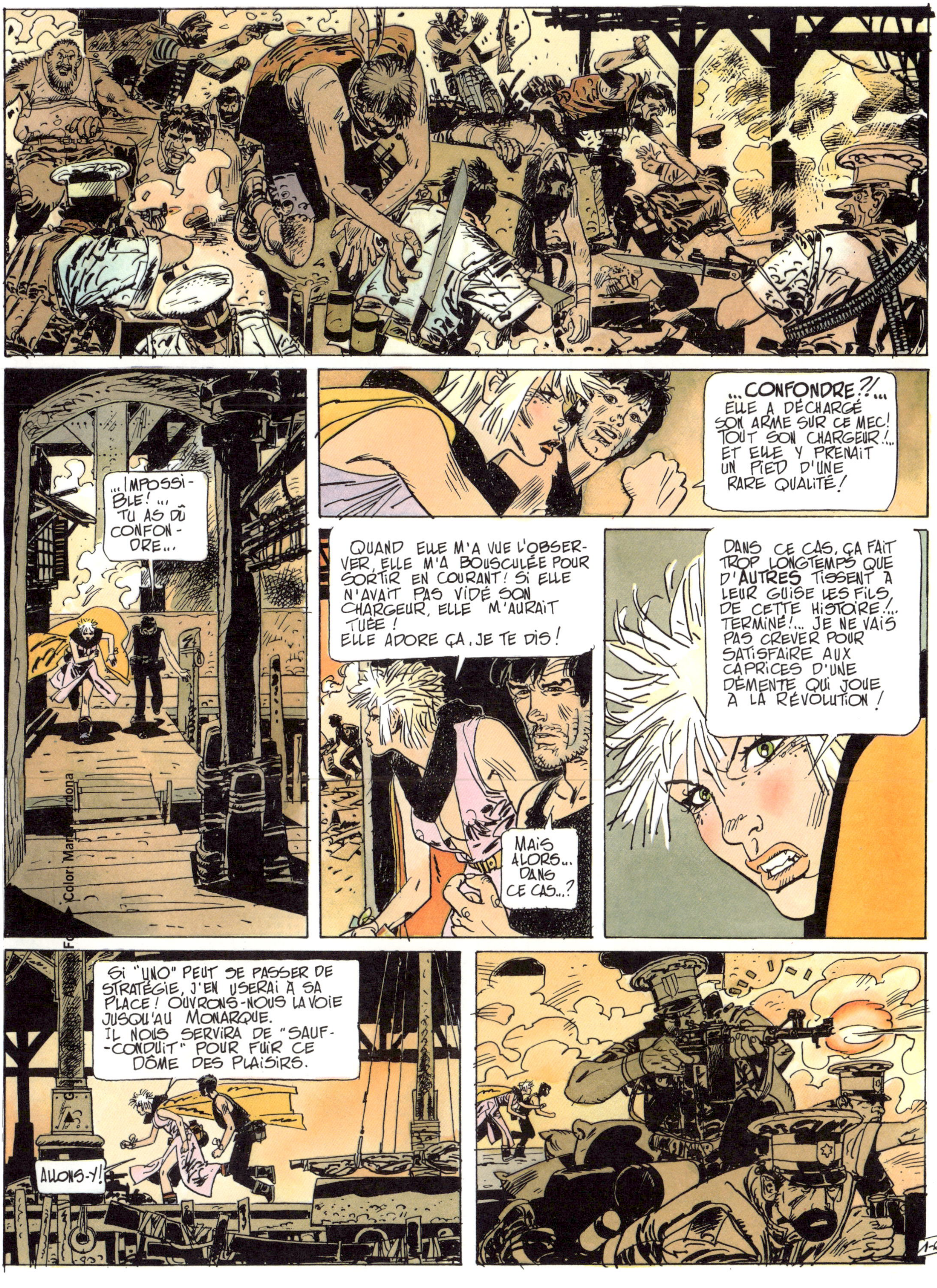
...IMPOSSI-BLE!... TU AS DÛ CONFON-DRE...
...CONFONDRE?!... ELLE A DÉCHARGÉ SON ARME SUR CE MEC! TOUT SON CHARGEUR!... ET ELLE Y PRENAIT UN PIED D'UNE RARE QUALITÉ!
QUAND ELLE M'A VUE L'OBSERVER, ELLE M'A BOUSCULÉE POUR SORTIR EN COURANT! SI ELLE N'AVAIT PAS VIDÉ SON CHARGEUR, ELLE M'AURAIT TUÉE! ELLE ADORE ÇA, JE TE DIS!
MAIS ALORS... DANS CE CAS...?
DANS CE CAS, ÇA FAIT TROP LONGTEMPS QUE D'AUTRES TISSENT À LEUR GUISE LES FILS DE CETTE HISTOIRE!... TERMINÉ!... JE NE VAIS PAS CREVER POUR SATISFAIRE AUX CAPRICES D'UNE DÉMENTE QUI JOUE À LA RÉVOLUTION!
SI "UNO" PEUT SE PASSER DE STRATÉGIE, J'EN USERAI À SA PLACE! OUVRONS-NOUS LA VOIE JUSQU'AU MONARQUE. IL NOUS SERVIRA DE "SAUF-CONDUIT" POUR FUIR CE DÔME DES PLAISIRS.
ALLONS-Y!
1-6

JAMAIS ROME N'OFFRIT À NÉRON JOUISSANCE PLUS RAFFINÉE !
MES YEUX SE NOIENT DE LARMES... OH ! SERAIT-CE L'ÉMOTION QUI M'ENVAHIT QUI LES SUSCITE ?... Ô ÂME, Ô POÉSIE...
QUEL AUTRE ARTISTE QUE MOI-MÊME POUVAIT IMAGINER PLUS RAVISSANT PRÉLUDE AU SPECTACLE FINAL QUE CELUI-CI ! LA GRANDE, LA SUBLIME DERNIÈRE SÉANCE... L'AGONIE D'UNE ÉTOILE... ET LA MORT DU SOLEIL !
PERSONNE, MON PRINCE !
MAUHEE !... MAUHEE... DIS-MOI... QUEL HORRIBLE ACCENT DE DÉSAPPROBATION !!! ... AURAIS-JE OMIS UN QUELCONQUE DÉTAIL ?... AURAIS-JE MAL RÉGLÉ MA MISE-EN-SCÈNE ?
LA FUMÉE DES INCENDIES OBSCURCIT DÉJÀ LE CIEL, DES CRIS MONTENT AVEC LES FLAMMES, DE LA BOUCHE DE CEUX QUI MEURENT ET DE CEUX QUI TUENT...
NON !... NE ME RÉPONDS PAS !... JE NE SAURAIS SUPPORTER LE MOINDRE REPROCHE DE TA PART ! QUE TES LÈVRES RESTENT CLOSES !
OUBLIE TES CRAINTES, BIEN-AIMÉ PRINCE ! SEUL UN DIEU AURAIT PU RIVALISER AVEC TOI, DANS L'ORDONNANCE MINUTIEUSE DU SPECTACLE DONT TU NOUS RÉGALES...
TU LE PENSES VRAIMENT ?... TES PAROLES SONT UN BAUME À MON COEUR TORTURÉ... DIS-MOI... EST-IL VRAI QUE LE TEMPS NOUS EST COMPTÉ ?... C'EST POUR MAINTENANT ? AUJOURD'HUI ? TOUT DE SUITE ?
OÙ SE PLANQUE LE MONARQUE ? PARLE !!
2-6

AINSI DONC, COMME LE CRUEL SATURNE, NOTRE SOLEIL VA DÉVORER SES PETITS?
LA MORT N'EST-ELLE PAS LA FINALITÉ DERNIÈRE DE L'UNIVERS! LA DONNER, LA PRENDRE, TELLE EST LA LOI UNIQUE DE LA NATURE!
TUER EST LA MISSION RÉSERVÉE AUX FORTS... MOURIR, CELLE DONT SE CHARGENT LES FAIBLES... À CAUSE DE CETTE LOI, NOTRE ESPRIT EST INQUIET DEVANT LA MORT, CAR LE SEUL PLAISIR QU'ELLE ACCORDE N'EST-IL PAS LE PLAISIR DE TUER?...
LA COLOMBE NE FUIT-ELLE PAS LES SERRES DU FAUCON? ET, CEPENDANT, ELLE PÉRIRA. IL NE RESTERA D'ELLE QUE QUELQUES FLOCONS DE PLUMES ENSANGLANTÉES... LE FAUCON SERA LE VAINQUEUR... LE FORT... CELUI QUI RESSENT LE PLAISIR DE TUER...
UNE SEULE CHOSE PERMET D'AFFRONTER LA MORT EN GARDANT LA SÉRÉNITÉ SPIRITUELLE NÉCESSAIRE...
...ET C'EST D'ÊTRE SOI-MÊME LE TUEUR... LE DERNIER À MOURIR...
...À RESSENTIR LE PLAISIR... DU VAINQUEUR...
M-MOI... LE ... LE F-FAUCON? ...FFFF... OUIIIII... AAAH...!
AAAAIIEEEH...!!
3-6

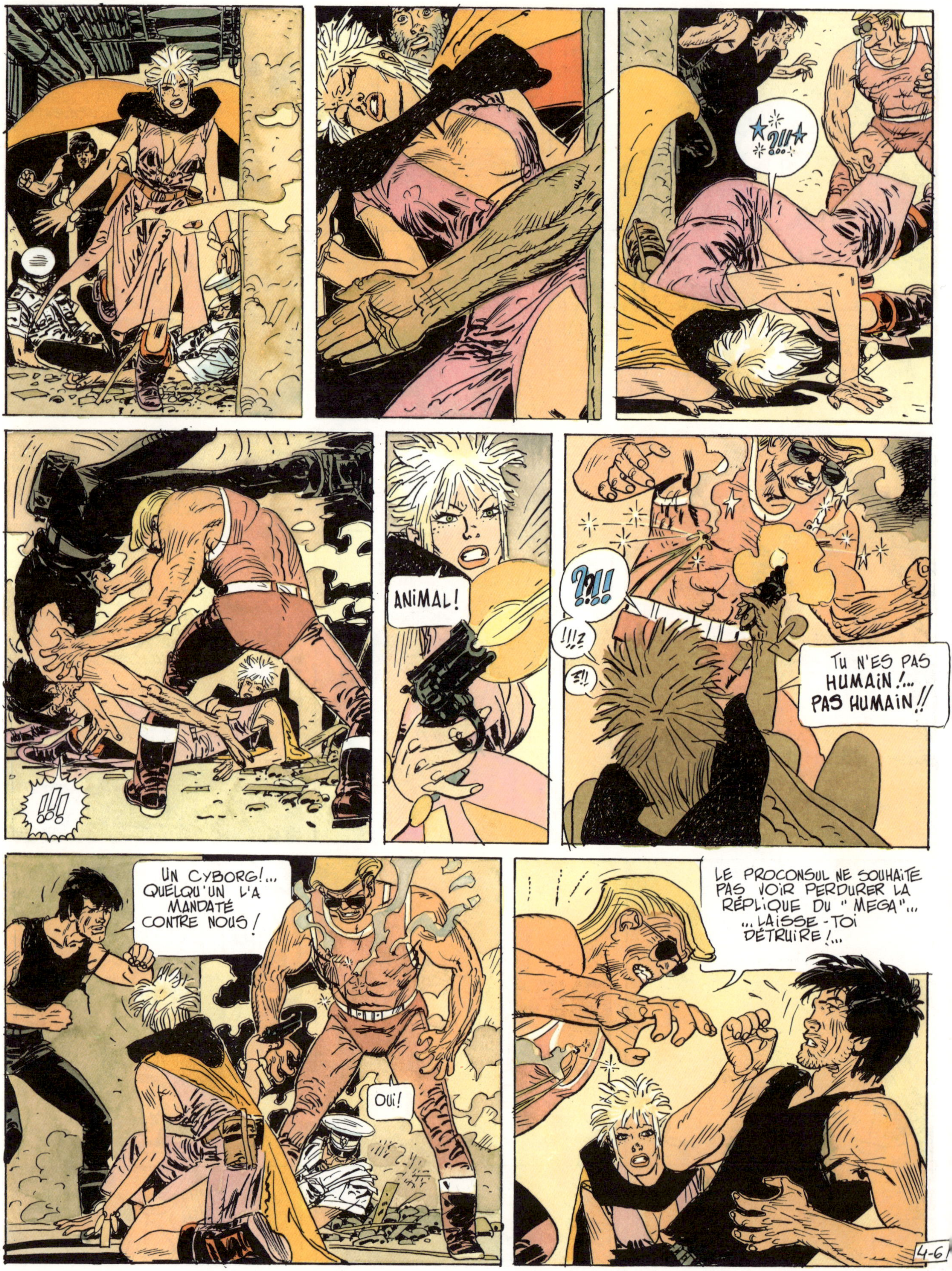
?!!
ANIMAL!
?!!
TU N'ES PAS HUMAIN !... PAS HUMAIN !!
UN CYBORG !... QUELQU'UN L'A MANDATÉ CONTRE NOUS !
OUI !
LE PROCONSUL NE SOUHAITE PAS VOIR PERDURER LA RÉPLIQUE DU "MEGA"... ...LAISSE-TOI DÉTRUIRE !...
4-6

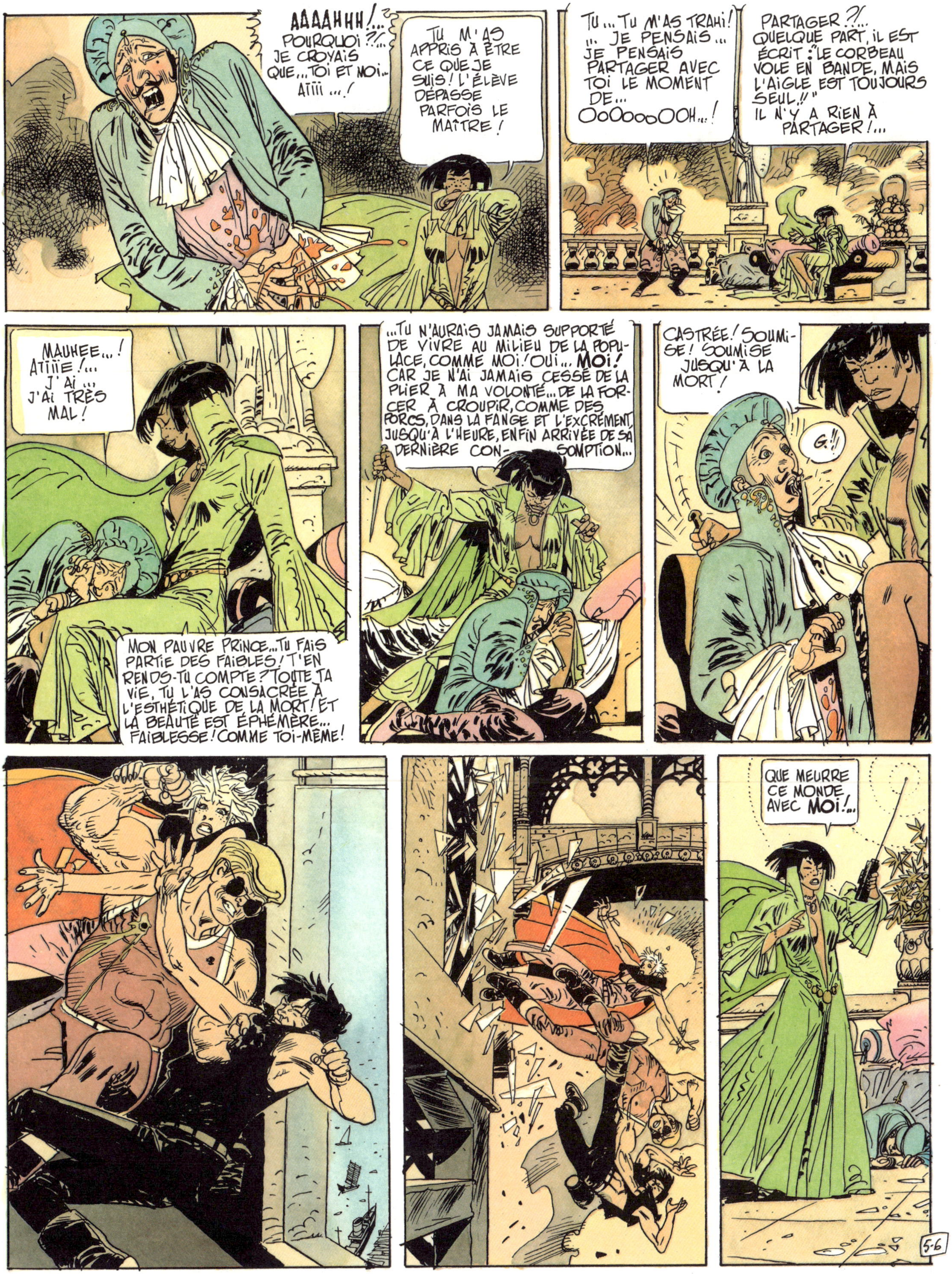
AAAAHHH!... POURQUOI ?!... JE CROYAIS QUE... TOI ET MOI... AÏÏÏ...!
TU M'AS APPRIS À ÊTRE CE QUE JE SUIS! L'ÉLÈVE DÉPASSE PARFOIS LE MAÎTRE!
TU... TU M'AS TRAHI! ... JE PENSAIS... JE PENSAIS PARTAGER AVEC TOI LE MOMENT DE... OOOOOOOOH...!
PARTAGER ?!... QUELQUE PART, IL EST ÉCRIT : "LE CORBEAU VOLE EN BANDE, MAIS L'AIGLE EST TOUJOURS SEUL!" IL N'Y A RIEN À PARTAGER!...
MAUHEE...! AÏÏÏE!... J'AI... J'AI TRÈS MAL!
MON PAUVRE PRINCE... TU FAIS PARTIE DES FAIBLES! T'EN RENDS-TU COMPTE? TOUTE TA VIE, TU L'AS CONSACRÉE À L'ESTHÉTIQUE DE LA MORT! ET LA BEAUTÉ EST ÉPHÉMÈRE... FAIBLESSE! COMME TOI-MÊME!
...TU N'AURAIS JAMAIS SUPPORTÉ DE VIVRE AU MILIEU DE LA POPULACE, COMME MOI! OUI... MOI! CAR JE N'AI JAMAIS CESSÉ DE LA PLIER À MA VOLONTÉ... DE LA FORCER À CROUPIR, COMME DES PORCS, DANS LA FANGE ET L'EXCRÉMENT, JUSQU'À L'HEURE, ENFIN ARRIVÉE DE SA DERNIÈRE CON- SOMPTION...
CASTRÉE! SOUMISE! SOUMISE JUSQU'À LA MORT!
G!!
QUE MEURRE CE MONDE AVEC MOI!..
5-6

PLOUNSH!
JE SAIS QUE TU VIS ENCORE, CLONE... ET JE TE RETROUVERAI... JE TE RETROUVERAI!!!